Este libro pertenece a:
This book belongs to:

Brimax Publishing
415 Jackson St, San Francisco
CA 94111 USA
www.brimax.com.au
Part of the Bonnier Publishing Group
www.bonnierpublishing.com

El cordero Lucy

Lucy Lamb

BRIMAX

Es primavera en la granja del granero amarillo.

"¡Muuu!" dice la señora Vaca. "Me dijeron que las campanillas azules en el bosque Ferry son maravillosas este año."

"¡Meee!" dice el cordero Lucy.
"Me gustaría oírlas!"

It is Spring on Yellow Barn Farm.

"Moo!" says Mrs. Cow. "I hear that the bluebells in Ferny Wood are wonderful this year."

"Baa!" says Lucy Lamb. "I would like to hear them."

Entonces, Lucy trota a lo largo del camino hasta llegar al bosque Ferry.

Después, Lucy se levanta. Mira a su alrededor y escucha.

Lucy puede ver muchas flores azules meciéndose lentamente con la brisa.

¡Pero no puede escuchar las campanillas!

So Lucy trots along the lane until she comes to Ferny Wood.

Then Lucy stands. She looks around and listens.

Lucy can see lots of beautiful blue flowers swaying gently in the breeze.

But she cannot hear any bells!

Justo en ese momento, el astuto zorro ojea al cordero por entremedio de los árboles.

"¿Dónde suenan las campanillas azules?" Le pregunta Lucy.

"No sé," dice el zorro, "pero me gustaría escucharlas."

Entonces Lucy sigue trotando hacia el bosque y el zorro corretea tras el cordero.

Just then, Foxy Cub peeps through the trees.

"Where do the bluebells ring?" asks Lucy.

"I don't know," says Foxy, "but I would like to hear them."

So Lucy trots further into the woods and Foxy Cub scampers after her.

Justo en ese momento, la ardilla se asoma por entremedio de los árboles.

"¿Sabes dónde suenan las campanillas azules?" Le pregunta Lucy.

"No sé," dice la ardilla, "pero será divertido encontrarlas."

Entonces Lucy sigue trotando hacia el bosque y el zorro y la ardilla corretean tras el cordero.

Just then, Squirrel peeps through the leaves.

"Do you know where the bluebells ring?" asks Lucy.

"No," says Squirrel, "but it would be fun to find out."

So Lucy trots further into the woods, and Foxy Cub and Squirrel scamper after her.

Justo en ese momento, el conejo Suki se asoma por entremedio de los árboles.

"¿Suenan las campanillas azules por aquí?" pregunta Lucy.

"No tengo ni la menor idea," contesta el conejo, "pero me gustaría saber dónde suenan."

Entonces Lucy sigue trotando hacia el bosque y el zorro, la ardilla y el conejito corretean detrás.

Just then, Sukie Rabbit peeps through the ferns.

"Do the bluebells ring here?" asks Lucy.

"I have no idea," says Sukie, "but I would like to know."

So Lucy trots further into the woods, and Foxy, Squirrel and Sukie scamper after her.

Justo en ese momento, la nutria Olivia trepa fuera del río. ¡Quiere saber por qué todos los animalillos están trotando y correteando por el bosque!

"¿Puedes decirnos dónde suenan las campanillas azules?" Le pregunta Lucy.

Olivia comienza a reírse. Su sonrisa se hace cada vez más grande, y después comienza a reírse a carcajadas.

Just then, Oliver Otter scrambles up the river bank. He wants to know what all the trotting and scampering is about!

"Can you tell us where the bluebells ring?" asks Lucy.

Oliver begins to smile. His smile gets wider and wider, and then he begins to laugh.

"¡Las campanillas azules no suenan!" Se ríe Olivia, rodando sobre la hierba y aguantándose la panza.

"Las campanillas azules son flores. Están por todos lados. ¡Mira a tu alrededor!"

Los animalitos se dan cuenta que las bonitas flores azules tienen forma de campanillas.

Después ven a Olivia rodando sobre la hierba riéndose.

"Bluebells don't ring," laughs Oliver, rolling on the grass and holding his tummy.

"They are flowers. They are all around you. Look!"

The animals look at the bell shapes of the beautiful blue flowers.

Then they look back at Oliver rolling on the grass.

¡Enseguida Lucy, el astuto zorro, la ardilla y el conejito están rodando sobre la hierba riéndose también!

Cuando todos los animalitos dejan de reírse, todos están de acuerdo en una cosa, la señora Vaca tiene razón sobre las campanillas azules...

¡Son maravillosas este año!

Very soon, Lucy, Foxy, Squirrel and Sukie are rolling on the grass and laughing too!

When all the animals stop laughing, they all agree that Mrs. Cow is right about the bluebells...

They are really wonderful this year!

Aquí tienes unas palabras del cuento. ¿Las puedes leer?

la granja	la ardilla	la primavera
el bosque	el zorro	sonar
el cordero	el conejo	el río
los árboles	la nutria	la vaca

Here are some words in the story. Can you read them?

farm	squirrel	Spring
woods	fox	ring
lamb	rabbit	river
trees	otter	cow

¿Cuánto puedes recordar de la historia?

¿Quién le dice al cordero Lucy que las campanillas azules en el bosque Ferry son maravillosas este año?

Lucy no puede escuchar las campanillas en el bosque Ferry, ¿pero con quién se encuentra?

¿Qué tres animales ayudan a Lucy a encontrar las campanillas azules?

¿Cuáles son sus nombres?

¿Quién le dice a Lucy y a sus amigos que las campanillas azules son flores?

How much of the story can you remember?

Who tells Lucy Lamb that the bluebells in Ferny Wood are wonderful this year?

Lucy can't hear the bells in Ferny Wood, but what can she see lots of?

Which three animals help Lucy to find the bluebells?

What are their names?

Who tells Lucy and her friends that bluebells are flowers?

¿Puedes encontrar las cinco diferencias?

Can you spot five differences in these pictures?

Nota para los padres

Las historias de la **Granja con el Granero Amarillo** les va a ayudar a ampliar el vocabulario y la comprensión lectora de sus niños. Las palabras claves están en listas en cada libro y se repiten varias veces - señalen a las correspondientes ilustraciones a medida que ustedes lean. Las siguientes ideas ayudarán al niño a ampliar su conocimiento sobre lo que ha leído y aprender sobre la granja, también hará la experiencia de leer más divertida.

Hable sobre los diferentes ruidos y sonidos que usted puede escuchar en la Granja con el Granero Amarillo en la mañana. Haga los diferentes sonidos de los animales que están ilustrados y pídale a su hijo que señale a los animales en las ilustraciones que tiene el cuento.

Haga el sonido "¡muuu!" y el sonido "¡meeee!" Pídale a su hijo/hija que haga lo mismo. Háblele de los diferentes tipos de animales que Lucy conoce en el bosque Ferry. ¿Hay ardillas o conejos donde usted vive? Señáleselos a su hijo/hija para que puedan hacer conexiones entre los libros y la realidad, lo cual harán que los libros sean más reales.

Notes for Parents

The **Yellow Barn Farm** stories will help to expand your child's vocabulary and reading skills. Key words are listed in each of the books and are repeated several times - point them out along with the corresponding illustrations as you read the story. The following ideas for discussion will expand on the things your child has read and learned about on the farm, and will make the experience of reading more pleasurable.

Talk about the many different noises and sounds that you can hear on Yellow Barn Farm in the morning. Make the different animal sounds and ask your child to point to the animal that they think makes the sound in the illustrations.

Make a "Moo!" sound and a "Baa!" sound. Ask your child to do the same! Talk about the different types of animals that Lucy meets in Ferny Wood. Are there any squirrels or rabbits that live near you? Point them out to your child so they can bridge the gap between books and reality, which will help to make books all the more real.